CW00429425

Dieses Buch gehört

_____

Qualität
von
Oetinger

Büchersterne

Liebe Eltern,

Lesenlernen ist eine Meisterleistung. Es gelingt nur Schritt für Schritt. Unsere Erstlesebücher in drei Lesestufen unterstützen Ihr Kind dabei optimal. In den Büchern für die 1./2. Klasse erleichtern kurze Sinnabschnitte das Lesen, und viele Bilder unterstützen das Leseverstehen.
Mit beliebten Kinderbuchfiguren von bekannten Autorinnen und Autoren macht das Lesenlernen Spaß. 16 Seiten Leserätsel im Buch laden zu einer spielerischen Auseinandersetzung mit dem Text ein.
So werden aus Leseanfängern Leseprofis!

Manfred Wespel

Prof. Dr. Manfred Wespel

Büchersterne – damit das Lesenlernen Spaß macht!

www.buechersterne.de

Mit Büchersterne-Rätselwelt

Erhard Dietl

Die Olchis
Allein auf dem Müllberg

Verlag Friedrich Oetinger · Hamburg

Inhalt

1. Besuch vom blauen Olchi

Die Olchis fühlen sich muffelwohl
auf ihrem Müllberg.

„Grätenfisch und Krötenbein,
das Leben kann nicht schöner sein!",
singen Olchi-Oma und Olchi-Opa.
Sie sitzen in der rostigen Badewanne
und genießen ein Müllbad.

Olchi-Mama backt Stinkerkuchen,
und Olchi-Papa bastelt
an einer alten Kiste.
Er hat daraus ein Fahrzeug gebaut
und schraubt nun einen Motor dran.

„Finger weg von
meiner Motor-Kiste!",
sagt er zu den Olchi-Kindern.
„Das Ding geht ab wie die Hölle!"

„Ach du grüne Käsesocke!",
ruft Olchi-Mama.
„Seht nur, wir bekommen Besuch."

Die Olchis trauen ihren Augen nicht.
Da stapft der blaue Olchi
über den Müllberg.

Ausgerechnet diese Nervensäge!
Der blaue Olchi
ist schrecklich ordentlich,
und immer will er
alles aufräumen.

7

„Hallö, Ölchis!", ruft er.
„Ich möchte euch
zu meinem Gefurztag einladen."

„Beim Kröterich", brummt Olchi-Papa.
„Muss das sein?"

„Ihr dürft mit mir feiern",
sagt der blaue Olchi.
„Am Schmuddelfinger Weiher
auf einem alten Ruderbööt!
Heute ist döch
eine sö schöne Völlmönd-Nacht!"

8

Die Olchis sind gar nicht begeistert.
Der blaue Olchi nervt sie jetzt schon.

„Ihr müsst mir nöch
Geschenke besörgen", sagt er.
„Ich wünsche mir zehn Fischgräten
und viele feine Schuhsöhlen.
Aber alles schön klein geschnitten!"

„Sonst noch was?",
fragt Olchi-Mama.

„Ja", sagt der blaue Olchi.
„Ihr müsst pünktlich kömmen!
Bei Sönnenuntergang geht es lös!"

„Ich hab dafür leider keine Zeit",
sagt Olchi-Papa.
„Ich muss meine Motor-Kiste testen."

„Und ich muss
für das Olchi-Baby
Stinkerbrühe kochen",
erklärt Olchi-Mama.

„Und wir müssen baden",
rufen Olchi-Oma und Olchi-Opa.

„Und wir müssen auch irgendwas!",
sagen die Olchi-Kinder.

10

„Öh, wie schade",
sagt der blaue Olchi.
„Es ist mein 500. Gefurztag,
und ich möchte sööö gerne feiern.
Ich hab keine anderen Gäste."

Und weil er gar so jammert
und ein so trauriges Gesicht macht,
geben die Olchis schließlich nach.

„Na gut, dann kommen wir eben",
sagt Olchi-Opa.
Dabei gähnt er so kräftig,
dass zwei Stechmücken
tot in die Badewanne fallen.

„Wie schön! Bis später alsö!",
sagt der blaue Olchi
und verabschiedet sich.
„Seid bitte pünktlich,
und bringt Geschenke mit!"

Olchi-Mama fängt gleich an,
nach Schuhsohlen und Fischgräten
zu suchen.

Olchi-Oma schneidet alles klein
und verstaut die Geschenke
in einem Müllbeutel.

„Wir kommen auf keinen Fall mit!",
erklären die Olchi-Kinder.
„Das wird sicher furzlangweilig."

„Wie ihr wollt", brummt Olchi-Papa.
„Dann müsst ihr aber
den ganzen Abend
allein zu Hause bleiben."

„Schleimeschlamm-und-Käsefuß!",
rufen die Olchi-Kinder.
„Das macht uns gar nicht aus!"

2. Endlich allein zu Haus

Kurz vor Sonnenuntergang
klettern die Olchis
auf ihren Drachen Feuerstuhl
und machen sich
auf den Weg zum Weiher.

„Na, dann viel Spaß!",
rufen die Olchi-Kinder
und winken ihnen nach,
bis sie hinter den Bäumen
verschwunden sind.

„Krötig!", freuen sich die Olchi-Kinder.
„Endlich sind wir mal allein!
Jetzt können wir alles machen,
was wir wollen.
Keiner stört uns!"

Die Olchi-Kinder schauen sich um
und überlegen.
Was könnten sie bloß tun?

Vielleicht könnten sie
in die Matschpfützen hüpfen?
Oder einen hohen Müllturm bauen?
Oder doch lieber mit den Ratten
und Kröten spielen?

„Das ist doch alles
nichts Besonderes",
meint das eine Olchi-Kind.
„Es muss etwas sein,
was wir sonst nicht tun dürfen.
Etwas richtig Verbotenes!"

„Beim Muffelwind,
was ist denn verboten?",
fragt das andere Olchi-Kind.

Das eine Olchi-Kind
muss nicht lange nachdenken.
„Ordnung und Sauberkeit!", ruft es.
„Wir könnten blauer Ölchi spielen!"

Das andere Olchi-Kind
rümpft die Knubbelnase.
„Blauer Olchi? Wie geht das denn?"

„Ganz einfach",
meint das eine Olchi-Kind.
„Wir sagen immer ö statt o
und machen nur
lauter ördentliche Sachen.
Das wird tötal lustig!"

18

3. Ein ganz ördentlicher Müllberg

Kichernd legen sie los.
Mit einem alten Besen
fegen sie den Fußboden
und kreischen dabei:
„Igitt! Wie eklig sauber!"

Dann trennen sie den Müll
vor der Olchi-Höhle.
Sie bauen kleine Mülltürme
aus Dosen, Flaschen, Papier
und Plastiktüten.

„Ö nein!", kichern die Olchi-Kinder.
„Wie scheußlich ördentlich!"

Sogar in der Höhle
räumen sie blitzsauber auf.

„Muffel-Furz-Teufel!",
rufen sie und
kringeln sich vor Lachen.
„Uns wird gleich übel,
wö ist der Kübel?"

20

Ein blauer Olchi zu sein,
ist wirklich nicht einfach.
Die Olchi-Kinder kommen sich
sehr mutig vor.
Denn Ordnung und Sauberkeit
sind für die Olchis
fast so schlimm wie Parfümgeruch.

„Ist doch verrückt!",
meint das eine Olchi-Kind.
„Der blaue Olchi macht so was immer!
Wie hält er das nur aus?"

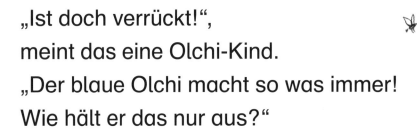

Dann setzen sie sich
an den wackeligen Tisch und
futtern Olchi-Mamas Stinkerkuchen.

„Die Füße nicht
auf den Tisch legen!",
sagt das eine Olchi-Kind.

„Und die Kuchenstücke nicht
in meinen Mund werfen!",
kichert das andere Olchi-Kind.

Als blaue Ölchis müssen sie jetzt
ganz ördentlich essen.
Öhne zu bröseln,
öhne zu schmatzen,
öhne zu rülpsen
und öhne zu pupsen.

4. Gespenstische Schatten

Inzwischen ist es dunkel geworden.
Der Mond taucht die Müllkippe
in ein fahles Licht.
Überall sieht man
gespenstische Schatten.

Ein paar Frösche quaken,
und irgendwo fiept eine Ratte.
Ansonsten ist es totenstill
auf dem Müllberg
und sogar ein bisschen unheimlich.

24

„Wie gruselig
es hier plötzlich ist",
flüstert das eine Olchi-Kind
und schaut sich ängstlich um.

„Es kann ziemlich lang dauern,
bis die anderen zurückkommen",
meint das andere Olchi-Kind.
„Vielleicht sogar die ganze Nacht."

Der Gedanke gefällt ihnen
überhaupt nicht.
Mit einem Mal haben sie
schreckliche Sehnsucht
nach ihrer Olchi-Familie.

„Blauer Olchi hin oder her",
sagt das eine Olchi-Kind.
„Wir sollten doch auch
zu der Feier gehen!"

Das andere Olchi-Kind überlegt.
„Aber wie kommen wir da hin?
Es ist ziemlich weit!"

„Kein Problem",
meint das eine Olchi-Kind.
„Wir nehmen einfach
Olchi-Papas Motor-Kiste!"

Die Motor-Kiste zu starten,
ist nicht schwer.
Sie ziehen an einer Strippe,
und schon knattert der Motor.
Was für ein Höllenspaß!

„Gib Gas, bis die Socken qualmen!",
ruft das eine Olchi-Kind.
Wie auf einer Rakete schießen
die Olchi-Kinder mit der Motor-Kiste
über den Müllberg.

Da taucht die Müll-Badewanne
vor ihnen auf.
„Achtung!",
kreischt das eine Olchi-Kind.

Das andere Olchi-Kind
reißt den Lenker herum.
Doch es ist zu spät.
Krachend knallen sie
gegen die Badewanne.

Beide fliegen in hohem Bogen
durch die Luft
und landen
auf einem Stapel Altpapier.

Das eine Olchi-Kind
reibt sich die Hörhörner und stöhnt:
„Lausiger Fliegenfurz,
das war's dann wohl."
Ihr Fahrzeug sieht
ziemlich demoliert aus.

In diesem Moment hören sie
ein Knattern in der Luft.
Es ist der Drache Feuerstuhl
mit den Olchis!

„Da sind wir wieder!",
ruft Olchi-Mama.
Auch der blaue Olchi ist dabei.

Er sagt zu den Olchi-Kindern:
„Das Ruderbööt ist abgesöffen.
Alsö feiern wir jetzt hier weiter!"

Feuerstuhl landet vor der Höhle,
und die Olchis schauen sich
erschrocken um.

5. Ein krötiges Geschenk

„Schlapper Schlammsack!",
kreischt Olchi-Papa.
„Wieso ist es hier
so entsetzlich sauber?"

„Beim Kröterich!
Was habt ihr euch dabei gedacht?"
Olchi-Mama wirft den Olchi-Kindern
einen strengen Blick zu.

„Wir haben doch nur gespielt",
erklären die Olchi-Kinder.

Nur der blaue Olchi
strahlt über das ganze Gesicht.
„Sö gefällt es mir!", ruft er.
„Ördnung muss sein!
Habt ihr das extra für mich gemacht?
Sö ein tölles Geschenk!"

Olchi-Papa hat jetzt
seine kaputte Motor-Kiste entdeckt
und schimpft:
„Wer von euch hat
mein krötiges Fahrzeug
auf dem Gewissen?"

Die Olchi-Kinder machen
lange Gesichter.

34

„Keine Sörge", sagt der blaue Olchi.
„Sö was kann schön mal passieren.
Ich bring das in Ördnung.
Ich kann beim Reparieren helfen!"

Mit einem Mal finden die Olchi-Kinder
den blauen Olchi gar nicht mehr nervig.
Eigentlich ist er sogar ganz krötig.

Und als Olchi-Opa und Olchi-Oma
das Gefurztags-Lied anstimmen,
singen die Olchi-Kinder kräftig mit.

Alle singen so schrill aus voller Kehle,
dass die Ratten vor Schreck
aus ihren kleinen Hängematten purzeln.

Der blaue Olchi schwingt
einen Kochlöffel als Taktstock
und dirigiert ördentlich mit.
Und wer genau hinschaut,
kann eine winzige Träne
in seinem Augenwinkel sehen.

Lausiger Kröterich!
Wenn einem die Olchi-Familie
so ein Ständchen singt,
ist das schließlich
etwas ganz Wunderbares!

Muffelwind im Öfenlöch,
der blaue Ölchi lebe höch!
Wir wöllen ihm ein Süppchen köchen
aus altem Schrött
und Hühnerknöchen!

Und wär' er nicht sö ördentlich,
sö pünktlich und sö säuberlich,
dann könnte er ein ungemein
krötig töller Ölchi sein!

Willkommen in der

Büchersterne

Rätselwelt

Hast du Lust auf noch mehr
Lesespaß?

Die kleinen Büchersterne haben
sich tolle Rätsel und spannende
Spiele für dich ausgedacht.
Auf der nächsten Seite geht es
schon los!

Wir wünschen dir viel Spaß!

Lösungen
auf Seite
56–57

Kannst du die Bilder den richtigen Sätzen zuordnen?

 Olchi-Mama backt Stinkerkuchen.

 Kurz vor Sonnenuntergang machen sich die Olchis auf den Weg zum Weiher.

 Der blaue Olchi schwingt einen Kochlöffel als Taktstock.

 „Das Ding geht ab wie die Hölle", sagt Olchi-Papa.

1

2

3

4

**Der blaue Olchi sagt „ö"
statt „o". Wie oft kannst du
den Buchstaben finden?**

ö a ä a u ü
ä ö ü ä ö u
ü ä ö a ü ö

Welche Farbe hat ...

 Olchi-Mamas
Stinkerkuchen? _____

 Olchi-Papas Pulli? _____

 Feuerstuhl? _____

 Olchi-Omas Kleid? _____

Hast du gut aufgepasst und kannst dich an alle Farben erinnern?

Farben-Rätsel

Geheimschrift

**Was steht denn hier?
Löse die rätselhafte
Geheimschrift der Olchis!**

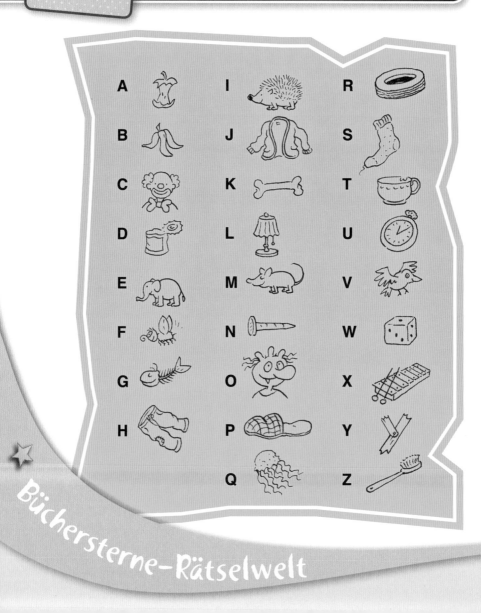

Büchersterne-Rätselwelt

Büchersterne

OLCHI

Ratte

Besen

Verbot

Sauber

Starte auf Seite 9!

Zähle die Fischgräten und gehe so viele Seiten weiter.

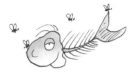

Wie viele Dosen stapelt das Olchi-Mädchen? Gehe zu dieser Seite.

Wie viele Tiere siehst du? Blättere so viele Seiten weiter.

Büchersterne-Rätselwelt

Wie viele Wörter hat
die fünfte Zeile? Gehe
so viele Seiten weiter.

Zähle den Buchstaben
„Ö/ö" auf dieser Seite und
blättere so viele Seiten vor.

Bist du bei uns
angekommen?

Satz für Satz kannst du einen Olchi wegstreichen. Wer bleibt übrig?

~~Der kleinste Olchi bin ich nicht.~~

~~Ich trage zwei gleiche Schuhe.~~

~~Ich bin nicht neben Olchi-Mama.~~

~~Ich bin kein Junge.~~

~~Ich bin verheiratet.~~

Ich bin: Olchi Oma

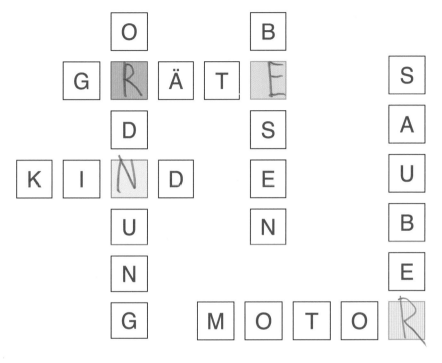

```
        O           B
  G  R  Ä  T  E                    S
        D           S              A
  K  I  N  D        E              U
        U           N              B
        N                          E
        G     M  O  T  O  R
```

Welche Wörter verstecken sich hier? Suche die passenden Buchstaben.

Wort-kreuze

Spiel für zwei! Wer ist der bessere blaue Olchi und stapelt höher?

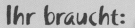

Ihr braucht:

1 **Würfel**
2 **Spielfiguren**
21 **Papierschnipsel**

Büchersterne-Rätselwelt

**Legt die Papierschnipsel auf den
Tisch. Würfelt abwechselnd! Landest
du auf einem STAPEL? Dann nimm
dir einen Schnipsel, und beginne selbst
zu stapeln. Der höchste Turm gewinnt!**

Hast du gut aufgepasst und findest alle Wörter?

Olchi-Oma und Olchi-Opa genießen ein

M Ü L L B A D

Der blaue O L C H I

ist schrecklich ordentlich.

Muffel-Furz- T E U F E L

Büchersterne

Mit einem alten

B E S E N

fegen sie den Fußboden.

Überall sieht man gespenstische

S C H A T T E N

LÖSUNGSWORT:

A L L E I N

Rätsel-Lösungen

Alle Rätsel gelöst? Hier findest du die richtigen Antworten.

Seite 54-55 · Wortsuche
Müllbad, Olchi, Teufel, Besen, Schatten
Lösungswort: ALLEIN

```
            O   B
        G   R   Ä   T   E
        O   D   S   S
    K   I   N   D   E   A   S
        U   N   U   A
        G   B
        N   E
    M   O   T   O   R
```

Seite 51 · Wortkreuze

Seite 50 · Lese-Logik
Ich bin: Olchi-Oma.

Büchersterne-Rätselwelt

Seite 42-43 · Bildsalat

Olchi-Mama backt Stinkerkuchen. = Bild 3

Kurz vor Sonnenuntergang machen sich
die Olchis auf den Weg zum Weiher. = Bild 2

Der blaue Olchi schwingt einen Kochlöffel
als Taktstock. = Bild 4

„Das Ding geht ab wie die Hölle",
sagt Olchi-Papa. = Bild 1

Seite 44 · Buchstaben-Mix

5 Mal „ö"

Seite 45 · Farben-Rätsel

Olchi-Mamas Stinkerkuchen ist braun.
Olchi-Papas Pulli ist rot.
Feuerstuhl ist grün.
Olchi-Omas Kleid ist weiß-rosa gestreift.

Seite 46-47 · Geheimschrift

Ratte, Besen, Verbot, sauber

Seite 48-49 · Lese-Rallye

10 Fischgräten → Seite 19
11 Dosen → Seite 11
6 Tiere → Seite 17
6 Wörter in der fünften Zeile → Seite 23
7 Mal „Ö/ö" → Ziel: Seite 30

Büchersterne

1. / 2. Klasse

Olchi-Spaß und Tor-Erfolge!

Erhard Dietl
Die Olchis auf dem Schulfest
ISBN 978-3-7891-2389-4

Rüdiger Bertram
**Jacob, der Superkicker.
Der Ball muss rein!**
ISBN 978-3-7891-1249-2

Erhard Dietl
**Die Olchis und
die große Mutprobe**
ISBN 978-3-7891-2373-3

Rüdiger Bertram
**Jacob, der Superkicker.
Falsches Spiel**
ISBN 978-3-7891-2352-8

Oetinger

Weitere Informationen unter:
www.buechersterne.de und **www.oetinger.de**

Lesespaß für Leseanfänger

Samsalabim:
Wunschpunkt-Zauberei!

Paul Maar
Ein Taucheranzug
für das Sams
ISBN 978-3-7891-2425-9

Paul Maar
Das Sams und
die Wunschmaschine
ISBN 978-3-7891-2449-5

Paul Maar
Das Sams und
die Wunsch-Würstchen
ISBN 978-3-7891-0414-5

Paul Maar
Das Sams und
der blaue Wunschpunkt
ISBN 978-3-7891-2426-6

Oetinger

Weitere Informationen unter:
www.buechersterne.de und **www.oetinger.de**

Das didaktische Konzept zu Büchersterne
wurde mit Prof. Dr. Manfred Wespel, Pädagogische Hochschule
Schwäbisch Gmünd, entwickelt.

FSC
www.fsc.org

MIX
Papier aus verantwor-
tungsvollen Quellen
FSC® C002795

© 2016 Verlag Friedrich Oetinger GmbH,
Poppenbütteler Chaussee 53, 22397 Hamburg
Alle Rechte vorbehalten
Titelbild und farbige Illustrationen von Erhard Dietl
Einband- und Reihengestaltung von Manuela Kahnt,
unter Verwendung der Sternvignetten von Heike Vogel
Reproduktion: Domino Medienservice GmbH, Lübeck
Druck und Bindung: Livonia Print SIA,
Ventspils iela 50, LV-1002, Riga, Lettland
Printed 2018
ISBN 978-3-7891-0413-8

www.olchis.de
www.oetinger.de
www.buechersterne.de